내가 만난 하나님

임동규 권사 지음

청어

추천사

『내가 만난 하나님』을 추천하며...

『내가 만난 하나님』의 저자 임동규 권사님은 하나님의 은혜로 풍요한 삶을 사시는 분이십니다. 이 책은 그의 간증이라고 할 수 있습니다. 그의 간증은 병고의 시련과 사업의 실패로 점철된 삶의 깊은 고난에서 출발하기에 모든 사람에게 공감이 됩니다. 그의 간증인 이 책을 읽다 보면 천지를 창조하신 하나님의 사랑, 십자가의 은혜, 하나님이 주시는 평화, 성령님의 인도하심을 느끼게 됩니다.

예수 그리스도를 만난 성도의 삶은 새로운 존재가 됩니다. 주변 사람들과 환경은 여전히 같습니다. 하늘과 땅도 모두 그대로입니다. 하지만 예수 그리스도를 만난 나 자신이 바뀌었으므로 세상 모든 것들이 달라 보입니다. 임동규 권사님이 그와 같은 주인공입니다. 그러므로 이 모든 것은 '아~ 하나님의 은혜'라고 고백하고 있습니다.

이 책에는 풍성한 은혜를 주시며, 하나님의 백성을 선한 길로 인도하시는 살아계신 하나님에 대한 간증으로 가득합니다. 저자 임동규 권사님은 날마다 새벽을 깨우시고 제일 먼저 교회로 달려 나와서 주님과 깊은 교제를 나누는 분입니다. 그는 주님을 사랑하는 분입니다 그러기에 그는 이제 남은 생애에 어떻게 하는 것이 하나님께 순종하는 삶이며 영광을 돌려드리는 길인가, 늘 기도하고 있습니다.

임동규 권사님이 체험한 하나님, 그 하나님은 지금도 살아계셔서 역사하십니다. 임동규 권사님의 삶 속에서 일하시고 역사하신 하나님의 기적 같은 일들이 수많은 사람에게 끊임없이 이어지고 또 이루어지길 바랍니다.

저는 이 시간, 이 책을 추천하게 됨을 하나님께 감사드립니다. 아무쪼록 임동규 권사님의 『내가 만난 하나님』을 읽는 모든 독자에게 하나님의 은총이 늘 함께하시기를 바랍니다.

2021년 11월 11일
세종시 물댄동산교회 담임 **권균한 목사**

추천의 글

당신은 어찌 그리 멀리 던진 맘 찾으러 매일 떠나셨었나요. 이제 그만 추스르고 평안을 누려 보는 건 어떠한지요.

『내가 만난 하나님』의 저자 임동규 님의 글을 읽으며 그토록 고난 중에도 순도 100%의 감사와 기쁨으로 살아간 기업가이시고 권사님이신 그의 인생 이야기에 은혜 젖어 봅니다.

새벽을 여는 기도로, 주님과의 교제로, 또한 세상을 살아가면서 환난과 고통으로 단련된 작가의 견고한 마음을 느낍니다. 오늘 하루를 품고 살아갈 묵상, 질문을 던지는 작가의 메시지에 마냥 고개를 숙입니다. 말씀 앞에서 우리를 찌르는 말씀의 칼을 당당하게 받을 준비가 되어 있는지 저 스스로에게 질문합니다.

예수 그리스도는 주님의 구속에 의해 우리 안에 청결한 마음을 넣어 주셨습니다. 임동규님의 『내가 만난 하나님』을 접하며 새삼 하나님께서 우리에게 베푸시는 가없는 사랑과 은총을 감사하게 됩니다.

주님은 구속의 은혜로 우리에게 새로운 성령의 더럽혀 지지 않은 형질을 주셨음을 이글을 읽으며 더욱 확신하게 됩니다. 삶속에서 역사하시는 하나님, 주님 주신 전략과 책임감과 리더십으로 믿음이 부족한 세상에서도 우리 모두가 오직 믿음으로 신실하게 하소서. 우리 모두가 그런 그리스도인 되게 하소서.

2021년 11월 11일
슈브 갤러리 작가/관장
POB 대표이사
우예본 권사

서문

저의 나이 어언 칠십을 맞았습니다. 실감이 안 나는 일이지만 엄연한 현실이 되어 조금은 당황하게도 하고 한편으론 경건한 마음이 들게도 합니다. 또한 어떻게 하면 보람된 나날을 살며 후회하지 않을 여생을 보낼 것인가, 어떻게 사는 것이 하나님께 영광을 돌려드리는 삶이 될 것인가 깊이 사색하며 기도하게 됩니다.

회고해 보면 지나간 저의 삶은 참으로 많은 죄 중에 묻혀있었습니다. 제가 뉘우치고 회개하며 기도할 때마다 거듭 생각나게 하는 것은 스스로가 죄인 중에 괴수라고 말했던 사도 바울의 고백이 바로 오늘을 사는 저의 고백임을 자복하게 되는 것입니다. 주님, 죄인 중에 죄인, 이 불쌍한 죄인을 긍휼이 여겨주옵소서.

이제 주님이 대속하시고 짊어지신 십자가의 거룩하신 보혈로 제가 지은 모든 죄와 허물을 사하여 주시고 새 삶으로 인도하시는 한량없는 사랑과 은혜를 감사드리며 오직 하나님께 영광을 돌려드립니다.

지나간 저의 생애를 뒤돌아보면 참으로 먼 길이었습니다. 성취의 기쁨과 희열로 들떠 잠 못 이룬 적도 있었는가 하면 세상의 갖가지 잡다한 일들로 고뇌하고 괴로워하며 지낸 날도 수없이 많았습니다. 반복되었던 그러한 삶 중에 결국은 사십 대 중반 나이에 몹쓸 질병을 얻어 죽음의 문턱에 서게 되었고 그러한 과정에서 하나님을 만나는 축복이 있었습니다.

그때 하나님이 저를 찾아오셔서 만나주셨습니다. 그분의 은총으로 제가 병상에서 주님을 영접하였고 그분의 가없는 사랑 안에서 질병의 치유를 받았으며 소망하며 기도하는 중에 받았던 주님의 크신 은혜를 뒤돌아보게 봅니다. 이제 주님을 알지 못했던 때에 탄식하며 흘렸던 눈물들을 회상하며 눈을 감고 두 손을 모으게 됩니다.

또한 저의 지난 삶 중에 하나님을 만나고 영접하고 섬겼던 소중한 경험들이 사랑하는 삼 남매 자녀들과 며느리들과 자라나는 손주들과 앞으로 태어날 후손들에게 교훈이 되고, 지혜가 되어 그들이 주님의 부활하심과 현존하시며 영원히 살아계셔서 세상만사를 주관하심을 믿고 깨달아 주님을 영접하고 성심으로 섬겨서 그분께 영광을 돌려드리고 그분이 베푸시는 은혜로 행복한 삶을 살아가기를 간절히 기도합니다.

저의 간증을 접하는 모든 분이 창조주 하나님, 영원하실 하나님의 사랑 안에서 승리함으로 그분께 감사하며 영광 돌려드리는 복되고 아름다운 삶이 이루어지시길 소망합니다.

2021년 새해 첫날 새벽에
세종시 물댄동산교회 **임동규 권사**

내가 만난 하나님

차례

#추천사 _02
#추천의글 _04
#서문 _06

[시詩] 순종을 향한 기도 _11
[수필] 병상에서 만난 하나님 _12

[시詩] 오!주여 _18
[수필] 보호하시고 지켜주시는 하나님 _19

[시詩] 주님이 함께하심을 _24
[수필] 내 마음을 나보다 더 잘 아시는 하나님 _25

[시詩] 연약한 믿음을 위한 기도 _30
[수필] 더 좋은 길로 인도하시는 하나님 _31

[시詩] 주님의 비추시는 볕 _35
[수필] 하나님께 기도하고 여쭙는 삶 _36

[시詩] 주님께 의탁을 _41
[수필] 예배를 드리는 마음과 정성 _42

[시詩] 주의 이름을 _48

[수필] 새벽 기도의 은혜 _49

[시詩] 새 아침에 _54

[수필] 사랑과 용서에 대한 고백 _55

[시詩] 사랑_60

[수필] 하나님 안에서의 인간관계 _61

[시詩] 변화되게 하소서 _69

[수필] 성경 1만 장 읽기 _70

[시詩] 오늘도 _76

[수필] 하나님의 것, 가이사의 것 _77

[시詩] 주님의 사랑으로 _83

#에필로그 _84

[시詩] 고난 앞에서 _87

12. 너희가 내게 부르짖으며 내게 와서 기도하면 내가 너희들의 기도를 들을 것이오.
13. 너희가 온 마음으로 나를 구하면 나를 찾을 것이오. 나를 만나리라.

ㅣ 예레미야 29장 12절-13절 ㅣ

32. 자기 아들을 아끼지 아니하시고 우리 모든 사람을 위하여 내어 주신 이가 어찌 그 아들
과 함께 모든 것을 우리에게 은사로 주지 아니하시겠느냐. 아멘   ㅣ 로마서 8장 32절 ㅣ

순종을 향한 기도

하나님
새해가 밝았음에
주님께 새 마음으로 간절히 구하는 것은
오직 순종하는 삶을 소망하는 것입니다.

주님의 뜻이라면
주님이 인도하시는 길이라면
언제 어디서나 어떤 처지에서도
망설임 없이 따라가는 저가 되게 하옵소서.

순종하는 삶이
고난과 역경의 여정일지라도
기꺼이 주님만을 바라보게 하옵소서.

그리하여 참됨으로 주님을 사모하며
주님이 기뻐하시는 삶을 살게 하옵소서. 아멘.

11

내가 만난 하나님

병상에서 만난 하나님

1996년 8월 무더웠던 여름 저의 나이 사십 대 중반이었고 삶의 무게를 감당하기 힘들고 지쳐서 쓰러져 가던 때였습니다. 경제 분야 곳곳에서 국가 부도 사태가 염려되는 금융 위기의 징조가 나타나고 모두가 나라 곳간을 걱정하던 그 당시에 제가 경영하던 사업도 여러 가지 심각한 어려움이 닥쳤고 그로 인해 저 자신 갈피를 잡지 못하고 날마다 길 없는 길을 헤매고 있었습니다.

저녁에 잠자리에 들면 잠을 못 이루어야 했고 내일 아침이 밝아오지 않고 이 밤이 어두운 채로 영원했으면 좋겠다. 그런 절망에 휩싸여 도저히 앞이 보이지 않는 끝도 없는 긴 터널을 휘청거리며 걷고 있었습니다.

새벽에 눈을 뜨면 머리맡에 담뱃갑에 손이 먼저 가고 하루에 담배를 세 갑씩 태우며 밤늦도록 회사 업무로 지새우고, 지금 생각해보면 참으로 어리석고 불쌍하기 그지없는 삶의 행태였습니다.

지극히 당연한 일이었지만 드디어 몸에 이상이 오기 시작했습니다. 공복이 되면 가슴이 쓰리고 아파서 병원 진료를 받고 처방해준 약을 먹어도 차도가 없이 오히려 통증은 점점 더해갔습니다. 사업은 날이 갈수록 더 어려워지고 도저히 희망이 보이지 않는 어둠에 싸여 나날을 보내던 저를, 그러나 하나님은 은밀히 지켜보고 계셨습니다.

대학병원에서 정밀검사를 받았고 위에 퍼진 암이 3기라는 진단을 내린 의사 선생님은 암의 상태가 심각하고 더하여 위에 천공이 생길 매우 긴급한 상황이니 당장 수술을 받아야 한다는 청천벽력 같은 선고를 하였습니다.

그러나 도저히 믿어지지 않았습니다. 그토록 건강하던 내게 이 무슨 말도 안 되는 상황인가? 아마도 오진일 것이다. 이런 생각을 하며 서울에 있는 다른 대학병원에 서둘러 예약하고 다시 진단을 받아보려고 구급차로 출발하려던 차에 주님이 저를 붙들어 멈춰 세우셔서 꺼져가던 저의 생명을 구원하여 주셨습니다.

다음 날 아침 일찍 시작한 수술이 저녁때가 가까워졌을 때야 끝났습니다. 수술대에 올랐던 저는 단 몇 분이 지난 것 같은 순간이었는데 집도하는 의사 선생님들이 8시간이 넘게 복부를 열어 큰 수술을 진행하였습니다. 그토록 긴 시간을 정작 저는 꿈속에서 보냈습니다. 마취에서 깨어나서 극심한 통증을 느꼈을 때 비로소 저가 살아 있음을 의식 할 수 있었습니다. 그렇게 해서 생애에 처음 하나님을 만나서 영접하고 섬기게 된 계기가 것입니다.

그때 어머니께서 생전에 섬기시던 수원의 서부교회 손수호 목사님께서 병실을 찾아오셨습니다. 가슴을 울리는 듯 고요한 음성으로 기도해주신 후에 제게 말씀하셨습니다. 임 선생, 이제 교회에 나오실 거지요? 그러한 상황에서 무슨 다른 답변을 할 수 있었을까요. 예, 목사님 그리하겠습니다. 지금 생각해보면 그때까지의 모든 고난의 과정이 하나님이 저를 바른길로 인도하시기 위하여 예비하시고 연단하시는 가운데 이루어진 주님의 뜻이었습니다. 그것은 어머니가 긴 세월 한 날 같이 새벽 제단에 나아가 저를 위해서 하나님께 서원하셨던 간절한 기도를 하나님이 응답하신 것이었습니다. 아멘.

우선 1차로 6개월 항암 치료를 받아보기로 예약하고 퇴원을 하였습니다. 어렵게 버텨 나가던 사업은 이미 정리되는 과정에 있었고 그러는 기간에 수차례 항암 주사를 맞은 탓에 머리카락이 다 빠져서 창피한 마음에 이런 모습을 감추느라 모자를 쓰고 다녔습니다.

주님의 부르심과 목사님과 병실에서 약속한 대로 주일 예배에 참석했습니다. 11시 예배는 성전을 가득 메운 성도들로 은혜가 충만해 있었습니다. 모자를 깊이 눌러쓴 채 제일 뒷자리에 앉아서 생전 처음 예배를 드리는 저 자신의 모습이 지금 생각해봐도 참으로 생소하고 어색했습니다.

목사님이 예배를 인도하시기 위하여 강단에 서시고 찬양과 기도로 예배가 이어지고 설교 말씀을 시작하시는가 하는데 갑자기 뒤에 앉아있어서 강대상에서는 보이지도 않았을 것 같았던 저의 이름을 부르시며 일어서보라 하셨습니다. 성전을 가득 메운 성도들의 시선이 일제히 저에게로 모여진 가운데 목사님이 저를 소개하셨습니다. 저기 저 뒤에 20년 만에 돌아온 탕아가 서 있습니다. 정곡을 찌르는 명답이셨습니다.

당시로부터 20여 년 전 그 교회를 섬기시던 어머님이 소천하시고 장례식에서 발인예배를 인도하시던 목사님이 어머님이 생전에 보시던 오래되어 표지 색이 바랜 성경책을 제게 주셨던 기억이 새삼 떠올랐습니다. 그때부터 아내는 어머니가 섬기던 교회에 나아가 주님을 영접하고 믿음 생활을 하고 있던 터였고 저는 세상일에 매몰되어 살아계신 주님을 알지 못하고 저 성경에 기록된 탕아와 같은 삶을 살고 있었던 것입니다.

지금은 이른 새벽입니다. 그때를 회상하며 이 글을 쓰고 있는 저의 두 눈이 젖어있습니다. 주님의 한량없는 은혜가 감동의 눈물이 되었고 20년 만에 돌아올 탕아를 위하여 긴 세월 새벽을 깨우셨던 어머니의 기도와 사랑하는 아내의 간절한 소망을 주님이 응답하셨음에 또한 감사와 영광을 주님께 돌려드립니다.

그때 죽음의 문턱에 섰던 저를 주님께로 인도해서 새 삶을 살 수 있도록 손을 잡아 주셨던 수원 서부교회 손수호 원로목사님께 이 글을 빌어 깊은 감사를 드립니다.

제가 투병하던 25년 전 암 환자를 치료하던 의료 환경은 지금과 비교 할 수 없으리만큼 열악하였고 그러한 조건에서 치료를 받았었으나 저는 지금 70세 노령임에도 의사 선생님들이 청장년과 같은 수준의 건강을 가졌다고 칭찬하십니다. 위 전체를 절제하고 쓸개와 맹장도 떼어내고 대상포진에 의한 바이러스가 척추에 전이되어 말로 표현할 수 없는 극심한 통증으로 고통스러워하며 척추신경에 약물을 직접 투입하는 심각한 치료를 받았고, 의사 선생님은 평생을 극심한 통증과 동행하며 살아야 할 것이라는 진단을 받았던 저에게는 하나님의 은혜로 하나님이 역사하신 것으로밖에 달리 설명되지 않는 기적이었습니다.

어떤 질병이든 지금 투병 중에 계신 분을 위하여 기도합니다. 저의 간증으로 위로받으시고 주님의 병 고치심을 믿음으로 확신하고 간절히 기도해서 쾌차하심으로 하나님께는 영광을 돌려드리고 치료하시고 역사하시는 거룩하신 하나님을 온 세상에 간증하는 은혜를 받으시길 바랍니다.

오늘은 2021년 1월 10일 주일입니다. 세상이 온통 코로나바이러스로 혼란스럽고 하나님을 섬기는 우리가 거룩한 성전에서 예배를 드리지 못하고 가정에서 온라인으로 예배를 드려야 하는 안타까운 상황에 부닥쳐 있습니다. 그러나 이러한 현실도 우리가 알지 못하는 하나님의 거룩한 섭리 안에 있음을 믿습니다. 주님이 예비하시는 고귀한 뜻을 깨달을 수 있도록 어느 처소에 있든 늘 깨어서 기도하며 지혜를 구하며 하나님을 섬기는 우리가 함께 회개하는 소중한 계기가 되었으면 좋겠습니다.

1996년 여름에 제가 고난 중에 중환자 병실에서 처음 만났던 하나님이 지금도 지켜보고 계심을 감사하며 찬양합니다. 하나님을 섬기는 모든 성도가 고난의 때일수록 주님을 더욱 사랑하고 간절히 기도함으로 난관을 극복하고 승리해서 하나님께는 영광을 돌려드리고 그분이 주시는 기쁨과 행복을 한껏 누리고 나눌 수 있기를 기도합니다. 아멘.

🔥 하나님 말씀

4. 내가 사망의 음침한 골짜기를 다닐지라도 해를 두려워하지 않을 것은 주께서 나와 함께 하심이라 주의 지팡이와 막대기가 나를 안위하시나이다. | 시편 23편 4절 |

3. 다만 이뿐 아니라 우리가 환난 중에도 즐거워하나니 이는 환난은 인내를,
4. 인내는 연단을, 연단은 소망을 이루는 줄 앎이로다. | 로마서 5장 3절-4절 |

10. 나의 가는 길을 오직 그가 아시나니 그가 나를 단련하신 후에는 내가 정금같이 나오리라. | 욥기 23장 10절 |

오! 주여

내 곁엔 늘 주님이 함께 계셨다.
내가 중환자 병실에서 심한 통증으로 몸서리칠 때도
내 영혼과 육신이 죽음의 그림자 그늘에서 신음할 때도

그때 그 병실 창밖에 펼쳐진
휘황찬란한 빛의 밤거리를 바라보며

생과 사를 넘나드는 깊은 고독의 늪에 빠져
홀로 지독한 외로움에 눈물을 흘리고 있을 때도
주님은 내 곁에서 나를 지켜보고 계셨다.

내가 그 지옥 같은 병실에서
비틀거리는 몸을 추스르고
세상 속으로 다시 나서던 그 날
나를 끌어안아 일으켜 세워주셨던 주님

주님은 지금도 내 손을 잡고
내 발걸음을 인도하고 계신다.
오늘도 내일도 또 내일도….

나와 영원히 동행하실 주님
나의 사랑하는 주님, 아멘

보호하시고 지켜주시는 하나님

2001년 9월 11일 오전 8시 45분 미국 뉴욕 맨해튼의 세계무역센터 쌍둥이 빌딩에 항공기를 충돌시킨 끔찍한 자살테러 사건이 발생하여 두 동의 초대형 고층 건물이 완전히 무너져 내려 수많은 사람이 희생한 세상을 경악하게 했던 사건이 있었습니다. 그 사건이 있은 지 10여 년 후 현장 주변을 가본 적이 있었는데 아직 복구되지 않은 황량한 모습에 당시 얼마나 충격적인 일이 일어났었는지 가늠하기조차 불가능했던 기억이 납니다.

그때 하나님을 섬기는 신실하신 이희돈 장로님이 겪었던 일을 2006년 영국의 한 교회에서 간증하심으로 세상에 알려졌는데 이를 접하고 크게 감명 받았던 일을 기억하며 대략 정리해봅니다.

그분은 당시 세계무역센터 부총재로서 9.11 테러 당일 센터 110층에서 열리는 중요한 회의에 참석하고자 출근하던 중이었습니다. 도

내가 만난 하나님

중에 갑자기 몸에 이상이 생겨 심한 통증으로 길에서 시간을 지체하다가 그 회의에 참석할 수 없게 되어 그 회의를 연기하게 되었고 그로 인해 엄청난 재해에서 화를 면한 사건입니다. 그뿐 아니라 회의가 연기됨으로 함께 참석하려 했던 이들까지 귀한 생명을 건지는 기적이 일어났던 것입니다. 이는 오직 하나님의 뜻이 아니고는 불가능한 것임을 믿습니다.

그분이 참석하기로 했던 회의가 어떤 모임이겠습니까? 세계 경제에 영향을 미치는 중요한 회의로서 그 분야의 석학들과 전문가들의 모임이었으며 또한 부총재라는 직함의 역할이 매우 중요한 위치였을 것입니다. 그러함에도 하나님은 그분의 육신에 잠시 고통을 주셔서 길에서 시간을 지체하게 하셨고 결국 이희돈 장로님을 비롯한 여러 사람의 귀한 생명을 보호하시고 지켜주셨습니다.

그 후 세계무역센터의 더 중요한 책임자로 세워주시고 하나님이 주시는 거룩한 사명을 감당하게 하심으로 그분의 간증을 통하여 수많은 사람이 감동하여 하나님을 만나고 영접하고 섬기며 은혜 받는 역사가 지금도 계속되고 있음을 믿습니다.

거룩하시고 공평하신 하나님께서 어찌 이희돈 장로님께만 그러한 기적을 역사하실까요? 하나님을 섬기는 우리 모두를 주님이 지켜주시고 보호해주심을 확신하며 믿음으로 간절히 기도할 수 있기를 소망합니다.

지금부터 십 오륙 년 전의 일로 기억합니다. 그때 저는 승용차를 새로 사서 얼마 되지 않았을 때입니다. 경기도 화성시로 출장을 가게 되었는데 마침 초겨울 첫눈이 내려 하얀 들녘을 달리며 새 차를 탔으니 더욱 즐겁고 기쁜 마음으로 함께 근무하는 직원과 콧노래를 부르며 달려가던 길이었습니다.

목장의 초원으로 생각되는 약간의 경사진 오르막길 눈 덮인 길을 들뜬 마음에 아무 생각 없이 진입했는데 그만 차가 미끄러져서 오르지 못하고 중간에 멈춰 서고 말았습니다. 좁고 경사진 눈길이었고 직감으로 위험이 느껴져서 차에서 조심스럽게 내려서 뒤쪽에서 상황을 살펴보는데 갑자기 자동차가 뒤로 천천히 미끄러지며 움직이는 것이었습니다. 비포장 길의 너비가 차폭과 겨우 비슷한 좁은 도로였는데 차 뒤에 서 있던 저는 뒤로 미끄러지는 자동차를 그 순간 아무 생각 없이 두 손으로 밀듯이 멈춰 세웠습니다.

그때 자동차가 세워진 후에 문득 머리를 싸늘하게 스쳐 가는 형언할 수 없는 이상한 느낌이 들어 주변을 돌아보니 미끄러지던 자동차가 어떻게 멈춰 섰는지 상황정리가 안 되고 머릿속이 매우 혼란해지는 것이었습니다. 그렇습니다. 흔히 이런 상황에서 무의식적으로 자동차를 멈춰 세우려고 뒤쪽에서 차를 잡고 있다가 차에 깔려서 대형사고가 난 일을 신문 방송에서 종종 들었던 터이고 특히 지인 한 분이 비슷한 일로 차에 치여 중상을 입고 오랫동안 치료받느라 고생하고 결국 장애가 남아 지금도 고통 받는 것을 잘 알고 있었기 때문입니다.

주변 양지바른 눈이 녹아 있는 땅의 흙을 손으로 긁어모아 차 네 바퀴 아래에 뿌려가며 간신히 오르던 길을 다시 내려와 안도의 숨을 쉰 후에야 정신을 차리고 차가 오르던 길을 다시 걸어서 올라가 보았습니다. 약 20~30여 미터 길이의 비탈길이었는데 차가 멈춰 서있던 장소에 혹시 돌부리가 있거나 턱 같은 것이 있어서 차가 멈

21

쳤을 것으로 생각하고 살펴보니 차가 멈추어 설 만한 그 아무 흔적도 없는 매끄럽고 평평한 길이었습니다.

이 사건이 계속 뇌리에 남아 궁금해 하던 차에 그해 겨울이 지난 후 이른 봄눈이 녹아 길바닥이 드러난 때에 다시 현장을 방문하여 살펴보았습니다. 역시 길은 평탄하고 매끄러운 경사진 그대로였습니다. 하나님께서 뒤로 굴러 내리는 차를 멈추게 하셔서 저를 위험에서 건지시고 생명을 구해주셨다는 확신과 가슴속에서 울컥 솟아나는 감동으로 그 자리에 한동안 서서 눈을 감고 두 손을 모아 기도를 드렸습니다.

그 사건 당시 눈 쌓인 현장 비탈길을 핸드폰 카메라로 사진을 찍었었고 이 사진을 두고두고 아내에게 그리고 주변 지인들에게 기적의 현장이라고 보이며 이야기하곤 했었는데 어느 때인지 그 사진이 지워지고 없어져서 지금도 아쉬운 생각을 하게 됩니다. 그렇습니다. 하나님을 섬기는 우리와 주님은 늘 함께하시며 눈동자같이 지켜주고 계심을 믿습니다.

🍃 하나님 말씀

11. 여호와의 말씀이니라. 너희를 향한 내 생각을 내가 아나니 평안이요 재앙이 아니니라. 너희에게 미래와 희망을 주는 것이니라.　　　　　　　| 예레미야 29장 11절 |

16. 하나님이 세상을 이처럼 사랑하사 독생자를 주셨으니 이는 그를 믿는 자마다 멸망하지 않고 영생을 얻게 하려 하심이라.　　　　　　　| 요한복음 3장 16절 |

33. 이것을 너희에게 이르는 것은 너희로 내 안에서 평안을 누리게 하려 함이라 세상에서는 너희가 환난을 당하나 담대하라. 내가 세상을 이기었노라.　| 요한복음 16장 33절 |

내가 만난 하나님 ✝

주님이 함께하심을

아침에 눈을 뜨고
하루를 시작할 때마다
가슴을 활짝 펴고 당당할 수 있는 것은

여호와께서
나의 길을 정하시고 인도하심을
믿음으로 확신하기 때문이다

내 삶의 여정에서
사탄의 돌부리에 걸려 넘어져도 다시 일어서고
마귀에 속아 거꾸러트림을 당하여 넘어져도 또다시 일어서고

마지막 승리의 깃발을 세울 때까지
흔들림 없이 굳건하게 나아갈 수 있는 것은

여호와께서 항상 나와 동행하시며
나를 안위하심을 굳게 믿기 때문이다.

아멘

내 마음을 나보다 더 잘 아시는 하나님

2014년 추석을 눈앞에 둔 가을, 들녘이 온통 황금빛으로 물들고 오곡이 풍성하게 무르익는 계절이었습니다. 임야나 한계 농지 등을 매입하여 개발허가를 받아서 토목공사를 하여 공장부지 창고부지 등 산업용지로 분양하는 부동산 개발업을 20여 년 가까이 지금까지 운영하고 있는데 지금으로부터 7년 전의 일입니다.

그해 여름에 경기도 안성에 있는 약 일만 제곱미터의 개발이 가능한 적당한 임야를 소개받아서 관련 법규와 수익성 등 타당성을 검토하고 계획하여 매매계약을 체결하였습니다. 3개월쯤 지나 잔금을 치를 때가 되었는데 그때가 추석 목전이었고 자금 사정이 별로 여의치 않았던 터였습니다. 간신히 잔금 준비를 하였는데 등기이전을 해야 하는 비용 삼천만 원이 부족하여 걱정하고 있었습니다.

아침에 회사에 출근하여 어디 지인에게 빌려달라고 해볼까, 아니

내가 만난 하나님

면 매도인에게 사정을 설명하고 추석 이후로 잔금을 미루자고 부탁해볼까 생각을 하고 있었는데 평소에 우편물 배달차 오전에 자주 들리시던 친절한 집배원이 그날도 평소와 다름없이 환한 웃음으로 인사하며 하얀 봉투로 된 편지 한 장을 건네고 가시는 것이었습니다.

늘 하던 대로 무심히 밀봉된 봉투를 열어 무슨 안내문 같은 글을 꺼내서 읽어보니 어느 금융기관에서 신용대출을 해준다는 광고문이었습니다. 평소에 흔하지 않은 광고지였으나 마침 자금이 필요했던 터라 자세히 읽어보니 국내 굴지의 금융기관으로 신용대출을 특별한 저금리로 한정기간 동안 해주고 있다는 것이었습니다. 아마도 은행에서 추석 자금이 필요한 이들에게 특별할인 대출을 하고 있나 보다 생각하고 기재된 전화번호로 상담을 하게 되었습니다.

평소에 까다로운 은행대출 과정과 달리 몇 가지 간단한 질문과 확인을 거치더니 심사를 한 후 30분 안에 결과를 통보하겠다고 하며 전화를 끊었습니다. 그 후 정확히 30분도 안 되어 연락이 왔는데 삼천만 원을 신용으로 즉시 대출하겠다는 것이었습니다. 이자도 평소의 이율과 달리 아주 저렴하며 3개월을 기간으로 이용하고 더 필요하면 상환 기간을 2년까지 연장해준다는 것이었습니다. 망설임 없이 즉시 대출 신청을 하였더니 잠시 후 통장 계좌로 삼천만원 전액이 입금되어 예정했던 토지매입 잔금을 치르고 행복한 추석 명절을 보낼 수 있었습니다.

제 마음을 저보다 더 잘 아시는 하나님은 필요한 등기비용이 얼마인지 이미 아시고 정확히 삼천만 원을 마련해주셨던 것입니다.

제가 하나님을 섬기는 믿음이 없었다면 아마도, 아니 당연히 우연이라 생각했었을 것입니다. 그러나 이는 절대로 우연이 아님을 확신합니다. 하나님은 저의 마음을 늘 읽고 계셨고 그 마음을 저 자신보다 더 잘 알고 계셨고 닥쳐진 상황을 항상 지켜보고 계셨고 이를 하나님의 방법으로 해결해주시고 계셨던 것입니다.

칠십 평생 짧지 않은 세월을 살아오면서 수없이 많은 시련과 난관을 겪으며 지내왔습니다. 아무리 애쓰고 노력하고 심혈을 기울여도 결국은 하나님이 해결해주셔야 이루어진다는 진리를 깨닫게 됩니다.

똑같은 어려움에 부닥친 환경에서도 하나님을 믿음으로 섬기고 하나님의 도우심을 확신하며 기도하며 노력했을 때와 그렇지 않고 참으로 연약하기 그지없는 인간이 제힘으로 해결하려고 무지한 노력했을 때와 결과는 천양지차로 다를 수밖에 없는 하나님의 심오한 섭리를 경외합니다. 찬양합니다.

예수그리스도로 말미암아 의의 열매가 가득하여
하나님의 영광과 찬송이 되기를 원하노라.
| 빌립보서 1장 11절 |

그때 어려웠던 자금 사정이 하나님의 은혜로 해결되고 토지매입이 이루어진 그 토지를 개발하여 일부 약 2500㎡에 신실한 믿음을 지니신 귀한 권사님이 2020년 봄에 건평 660㎡의 2층 건물을 세워 준공하였고 "슈브"라는 귀한 이름의 갤러리가 문을 열었습니다. 죽은 나무, 썩어 문드러진 나무, 버려진 고목들로 갖가지 모양의 거룩한 십자가를 조각하여 생명을 불어넣고 이를 통하여 주님이 짊어지셨던 고귀한 십자가의 보혈에 은혜를 세상에 널리 전하여 알리고 계십니다.

내가 만난 하나님

톱으로 자르고 도끼로 깎고 페퍼로 갈아내는 온갖 수고를 거쳐 탄생한 목공예 작품은 오로지 십자가 조각만 고집하시므로 수천 점의 크고 작은 아름답고 신비한 십자가가 갤러리 홀 가득히 채워져서 빛을 발하며 하나님의 영광을 빛내고 있습니다.

이 또한 하나님이 예비하셔서 이루어주신 은혜임에 감사와 영광을 오직 주님, 존귀하신 주님께 돌립니다. 아멘.

하나님 말씀

31. 너희가 내 말에 거하면 참으로 내 제자가 되고
32. 진리를 알지니 진리가 너희를 자유롭게 하리라.　　　| 요한복음 8장 31절-32절 |

2. 사랑하는 자여 네 영혼이 잘됨같이 네가 범사에 잘되고 강건하기를 내가 간구하노라.
　　　　　　　　　　　　　　　　　　　　　　　　　　| 요한3서 1장 2절 |

내가 만난 하나님

연약한 믿음을 위한 기도

하나님
저의 믿음이 약해질 때마다
간절히 기도하게 함으로 채워주소서
주님에 거룩하신 권능으로 세워주소서

흔들리고 휘청거릴 때마다
뜨거운 성령에 불로 달구고 지져서
강하게 더 강하게 연단하여 주소서

아멘.

더 좋은 길로 인도하시는 하나님

우리는 살아가면서 예상치 못했던 생소한 경험을 종종 하게 되는데 그러한 모든 과정이 하나님의 계획과 섭리 안에서 이루어지는 것임을 대부분 간과하며 살아가고 있는 것 같습니다. 사업을 경영하면서도 예외가 아님은 물론 일상에서 일어나는 모든 일 들이 다 그렇습니다.

이를테면 어떤 계획을 세우고 세밀히 검토하고 수없이 확인하고 이제 시작을 합니다. 그런데 중간에 그만 계획한 일이 순조롭게 진행이 안 되고 어그러지는 경우가 있습니다. 이럴 때 흔히 실망하게 되고 그 일이 중요한 것일수록, 또 심각한 것일수록 더 큰 절망을 하게 됩니다. 그런데 이러한 상황에서 예기치 못한 반전을 경험하게 될 때 곧 하나님의 섭리를 깨닫고자 기도하게 됩니다.

여호와께서 사람의 걸음을 정하시고 그의 길을 기뻐하시니

| 시편 37편 23절 |

그는 넘어지나 아주 엎드러지지 아니함은
여호와께서 그의 손으로 붙드심이로다.

| 시편 37편 24절 |

사업을 하면서도 종종 경험하는 일입니다. 약 65000여㎡에 달하는 규모의 산업 용지를 개발하여 그 일부 25000㎡를 분양하여 공장이 지어져 준공되었고 남은 잔여 부지 약 40000㎡를 흔히 MOU라고 하는 양해각서를 체결하고 본 계약을 위한 준비를 하고 있었는데 별안간 코로나바이러스가 발생하여 국내에 전염되고 인적 물적 왕래가 제한됨으로 인하여 국내외 많은 사업의 상담이 연기 또는 취소되고 국가 경제 전반에 심각한 상황이 벌어졌고 특히 직격탄을 맞은 기업들이 휘청거리고 하는 터라 곧 체결되어야 했을 분양계약이 취소되고 기약 없이 지연되고 있었습니다.

그런데 역설적으로 코로나바이러스로 인한 경제 상황 악화로 마땅한 투자처를 찾지 못하던 또 다른 물류 전문 투자 기업이 때마침 나타나 그 회사와 연결이 되어 당 초 회사와 계약을 체결하고 분양 예정이던 산업용지가 더 좋은 조건으로 계약이 성사된 것입니다. 코로나바이러스가 발생한 똑같은 상황에서 한 회사와는 그로 인해 계약이 취소되고 다른 한 회사와는 그로 인해 더 좋은 조건으로 계약이 체결된 상반된 이야기입니다.

이러한 일들이 과연 우연일까요? 그렇습니다. 결단코 우연이 아닙니다. 그 기적 같은 일은 하나님이 계획하셨고 또 이루신 오직 하

나님의 섭리였음을 믿습니다. 하나님은 언제나 우리 인간의 생각으로 계획하고 준비하고 시작하는 것에 앞서 더 좋은 방법으로 예비하시고 더 좋은 길로 인도하고 계심을 믿습니다.

믿음이 없으면 한두 번 실패에 무너지고 맙니다. 그렇게 무너지면 다시 일어나기가 처음보다 더 어려운 경우가 많습니다. 그러므로 하나님을 섬기는 우리 성도들은 담대한 믿음과 확신으로 주님의 계획하심 안에서 승리하고 성공해서 하나님께는 영광을 돌려드리고 세상에 나아가서는 주님이 주신 사랑과 한량없는 은혜를 나누며 베푸는 아름다운 삶을 살 수 있기를 소망하며 기도합니다. 아멘.

하나님 말씀

5. 너는 마음을 다하여 여호와를 의뢰하고 네 명철을 의지하지 말라.
6. 너는 범사에 그를 인정하라! 그리하면 네 길을 지도하시리라.　　| 잠언 3장 5절-6절 |

4. 내가 내 자녀들이 진리 안에서 행한다 함을 듣는 것보다 더 기쁜 일이 없도다.
　　　　　　　　　　　　　　　　　　　　　　　　　　　| 요한3서 1장 4절 |

주님의 비추시는 볕

주님, 봄볕이 화사합니다.
주님이 비추시는 사랑의 볕과
그 향기가 참으로 따뜻하고 향기롭습니다.

주님이 비추시는 따스한 볕을 쏘이며
주님의 뿜으시는 감미로운 향기를 맡으며
오늘도 주님을 바라봅니다.

주님을 사랑합니다.
주님을 찬양합니다.

아멘

내가 만난 하나님

하나님께 기도하고 여쭙는 삶

사람이 세상에 태어나서 유 소년기를 거쳐 사고의 능력이 골고루 갖춰지는 성인이 되면 그의 생을 마감하는 날까지 자신의 삶을 영위하기 위한 수단으로 수없이 많은 판단과 결정을 하게 되며 그에 따른 결과로 다양한 형태의 삶에 모습이 이루어지는 것을 볼 수 있습니다.

일상의 사소하고 하찮은 것에부터 각자의 처한 위치에 따라 당사자의 인생이나 그가 속한 조직이나 한나라와 민족의 운명이 좌우되는 중차대한 결정을 해야 하는 사람도 있을 수 있습니다. 그러한 이들의 판단과 행함의 결과로 그와 그가 속한 구성원의 미래와 조직의 역사가 쓰여진다고 봐도 지나침이 없을 것입니다.

한 개인의 삶에 과정을 살펴보면 장성해서 배우자를 선택하는 일로부터 직업을 택하는 일, 그리고 살아가는 동안에 끊임없이 지속해서 발생하는 다양한 문제들에 대하여 누구나 예외 없이 각자가 적절하다고 판단되는 의사 결정을 하고 이를 행하며 살아가고 있습니다.

그중에는 현명한 판단을 하여 좋은 결과를 얻는 이들도 있으나 그릇된 판단으로 시행착오를 하고 그로 인한 후유증으로 고난을 겪는 경우도 주변에서 어렵지 않게 볼 수 있습니다. 물론 어떠한 결정에 앞서 주변의 지인들에게 자문도 구합니다. 또는 그 분야 전문가들의 도움을 받아 사안을 판단하기도 합니다. 그런데도 희망했던 좋은 결실을 얻지 못하는 것은 어찌 된 일일까요?

여기서 하나님을 섬기는 우리 성도들의 관점으로 생각해봅니다. 먼저 사람의 생각과 판단과 결정으로 이루어지는 것 같은 이 세상의 모든 현상은 하나님이 예비하시고 계획하시는 섭리 안에 있음을 깨닫게 됩니다.

그러므로 무슨 중요한 결정을 하기에 앞서 하나님께 기도하고 진지하게 여쭙고 결정을 했었는가? 돌아볼 필요가 있습니다. 아마도 대개는 아닐 것입니다. 기껏해야 주변의 지인들과 의논했을 것이고 그런 과정도 없이 조급하게 판단하고 결정했을 수도 있을 것입니다. 당연히 바람직한 결과가 나오기 어렵겠지요.

대부분 사람은 자신이 경솔하게 판단하고 결정한 나쁜 결과로 어려움을 겪으면서도 하나님께는 자신이 간절히 구한 기도의 응답을 해주시지 않는다고 떼를 쓰듯이 하면서 정작 하나님께 여쭙는 지혜를 깨닫지 못하고 실수를 반복하는 모습들을 흔히 봅니다. 어리석은 잘못을 계속해서 범하지 않도록 늘 깨어서 기도해야 하겠습니다.

그러므로 무엇이든지 판단하고 결정하고 행동하기에 앞서 당연히 하나님께 기도하고 여쭙고 하나님이 주시는 지혜를 구해야 할 일입니다. 이럴 때 하나님이 단번에 쉽게 해답을 내주실 수도 있지만 그렇지 않고 응답이 늦어질 때 우리가 반드시 지켜야 할 마음과 자세가 더 중요할 것 같습니다.

구하라 그리하면 너희에게 주실 것이요. 찾으라 그리하면 찾아낼 것이요 두드리라 그리하면 너희에게 열릴 것이니.

| 마태복음 7장 7절 |

나의 하나님이 그리스도 예수 안에서 영광 가운데
그 풍성한 대로 너희 모든 것을 채우시리라.

| 빌립보서 4장 19절 |

먼저 하나님께 의논을 드리며 대화를 나누며 하나님이 해답을 주실 때까지 포기하지 않고 꾸준히 기도하며 매달리는 것입니다. 이를테면 비즈니스의 사회에서도 흔하게 볼 수 있는 일입니다. 자동차 판매사원이 또는 보험 설계사가 한 건의 실적을 이루기 위하여 수십 번의 거절을 거친 후에야 비로소 계약이 체결되어 결실을 거두는, 그리고 이러한 과정이 반복되고 지속함으로 그 사람의 능력이 나타나고 인정받아 사회적 경제적 위상이 자리매김 되는 것을 볼 수 있습니다.

이를 두고 우리 속담에 칠전팔기라 했고 옛 어른들은 지성이면 감천이라고 했습니다. 우리가 섬기는 하나님이 감동하시고 우리의 끊임없는 기도와 정직한 노력과 포기하지 않는 불굴의 정신을 하나님이 칭찬하실 때 그에 대한 응답으로 하나님의 더 큰 축복과 은총이 임하실 줄 믿습니다.

하나님께 여쭙과 하나님과 대화는 특별히 정해진 시간이나 장소에서만 이루어지는 것은 아닌 듯합니다. 하나님의 성전에서 또는 조용한 환경의 기도 자리에서 이루어지기도 하지만 직장에서 근무 중에나 운전하는 중에나 또는 기차나 비행기를 타고 여행 중에도 수시로 여쭙고 대화를 할 수 있다고 봅니다.

이를테면 어떠한 문제나 사안에 대하여 하나님, 이번 일을 어떻게 처리할까요? 저는 이렇게 하고 싶은데 하나님 뜻은 어떠신지요? 아니면 저렇게 결정할까요? 끊임없이 기도하고 끊임없이 여쭙고 하나님과의 대화를 끊임없이 시도하노라면 어느 순간 하나님이 주시는 지혜로 명쾌하고 유익한 해답을 구할 수 있을 것입니다.

그렇게 하여 하나님께 여쭙고 하나님과 상의하고 하나님과 대화하며 간절히 기도하는 모든 성도가 하나님의 은혜로 풍성한 결실을 거두어 하나님께 감사와 영광을 돌려드릴 수 있기를 소망합니다.

🍃 하나님 말씀

5. 시몬이 대답하여 이르되 선생님 우리들이 밤이 새도록 수고하였으되 잡은 것이 없지
마는 말씀에 의지하여 내가 그물을 내리리이다.

6. 그렇게 하니 고기를 잡은 것이 심히 많아 그물이 찢어지는지라.

| 누가복음 5장 5절-6절 |

주님께 의탁을

주님께 의탁 하나이다
주님이 저의 삶을 주관하여 주옵소서.

슬픔도 두려움도 염려 근심도
삶의 여정에 짊어지는 무거운 짐
모두를 다 내려놓고 주님께 맡깁니다.

주님, 저를 붙들어 주시옵소서

주님께 의탁 하나이다
주님이 저의 삶을 인도하여 주옵소서.

꿈도 소망도 비전도
제 삶을 온전히 주님께 맡깁니다.

주님, 저의 갈 길을 동행하시고
손을 잡아 주시고 발걸음을 이끌어 주옵소서.

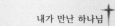

예배를 드리는 마음과 정성

우리는 조상 대대로 예절을 중시하고 이를 잘 행하는 자랑스러운 전통을 가진 민족으로 예로부터 중국인들은 우리나라를 가리켜 동방예의지국이라 칭했다고 전해져옵니다. 그러나 서양의 문물이 들어오면서 선진 문명과 온갖 새로운 지식이 전해져서 우리나라가 다양한 부분에서 급격한 발전을 이루었으나 그러한 과정에서 우리의 여러 가지 좋은 것들을 잃어버렸음 또한 부인할 수 없습니다.

그중에 특히 예절에 대한 부분을 함께 생각해보고자 합니다. 제 나이 때의 사람들은 어릴 때부터 대가족 제도하에 자라나서 조부모님 부모님과 여러 형제자매가 함께 살면서 특히 식사자리의 예절부터 인사예절, 이웃의 어른들을 대하는 태도까지 여러 가지의 예절을 생활 속에서 자연스럽게 배우며 익히며 자랐습니다. 가난했던 때라 먹고 살기가 어려워서 그러했는지 모르지만 어릴 때 아침에 이웃 어른을 길에서 만나면 진지 잡수셨냐고 반드시 인사를 드렸고 인사를 잘하면 칭찬을 듣고 그러지 못하면 꾸지람을 들으며 자랐습니다.

코흘리개가 초등학교에 들어가면 도덕 시간과 이를 배우는 교과서가 있어서 선생님으로부터 수업시간에 예절교육을 배우며 자랐던 때의 기억들이 있습니다. 지금도 초 중 고등학교에 그와 관련한 교육과정이 물론 있겠지만 모든 단계의 학교에서 예절 교육이 예전보다 소홀해졌다는 느낌을 지울 수가 없습니다.

서양에서 오랫동안 유학 생활을 하다가 귀국한 20대 아들을 둔 친구가 전해주며 기가 막힌다는 하소연을 저에게 한 일이 있습니다. 퇴근하여 집에 들어오니 거실 소파에 비스듬히 누워 있던 아들이 그 자세로 손을 흔들며 "하이" 하고 인사를 하더랍니다. 다행히 아버지가 잘 타이르고 훈육해서 우리 문화와 예절을 새롭게 가르치며 개선해나가고 있다고 했습니다.

이렇듯 우리는 세상을 살아가면서 만나는 사람들과 예의 바른말과 행동을 하면서 살아가고 있는지 더 나아가 하나님을 섬기는 우리가 하나님께 대하여는 경건한 마음과 예의 바른 몸가짐을 행하고 있는지 새삼 저 스스로를 돌아보게 됩니다.

오래전 일인데 제가 존경하는 어느 목사님께서 들려주신 경험담을 소개하려 합니다. 그분이 어떤 계기로 청와대에 초청을 받고 대통령을 만나러 가게 되었답니다. 대통령의 의전을 담당하는 비서들의 안내를 받아 일정을 진행하였는데 지방에 사시던 그분이 서울로 오는 시간에 차질이 있을까 봐 하루 전에 올라와서 청와대 근처 호텔에서 머물도록 조치를 하더랍니다. 만에 하나 대통령과 만나는 시간에 늦지 않도록 철저한 관리를 했던 것입니다.

내가 만난 하나님

그뿐 아니라 여러 가지 세세한 부분들까지 일일이 점검하고 인도하는데 이를테면 대통령을 부르는 호칭에서부터 복장에 관한 것, 앉아있는 자세, 악수하는 방법, 대통령이 무슨 질문을 할 때 답변하는 예의 등 그분이 겪었던 이야기를 들으면서 하나님을 뵙는 마음과 태도와 정성에 대하여 많은 생각을 해 보았습니다.

우리는 생활 중에 친구와 약속, 어른과 약속, 사업상 약속, 등 여러 가지 약속을 하며 살아갑니다. 그런데 그 약속을 제대로 지키지 않음으로 신뢰가 무너져 우정이 금이 가고 어른들께 꾸지람을 듣고 중요한 사업이 잘못되는 등 경중의 차이는 있으나 누구나 한두 번쯤은 경험하고 반성했던 일이 있었을 것입니다.

그러나 정작 거룩하신 하나님과의 약속은 소홀이 생각하는 경향이 있습니다. 그중 하나가 예배시간에 지각하는 것입니다. 여기서 더 문제인 것은 하나님과의 약속 시각을 어긴 잘못을 하고도 별다른 뉘우침 없이 반복하는 것입니다. 이는 우리가 모두 절실히 깨닫고 회개하고 바로잡아야 할 일입니다. 예배는 정해진 시작 시각보다 미리 성전에 나와 기도하며 경건한 마음으로 준비하면 좋겠습니다.

두 번째는 예배를 드리러 성전에 나갈 때 입는 복장입니다. 지나치게 튀어 보이거나 경망스러운 복장은 삼가야 하겠고 가지고 있는 옷 중에 본인이 아끼는 좋은 옷으로 택해서 입었으면 좋겠습니다.

이를테면 명절에 부모님을 뵈러 갈 때 입는 설빔처럼, 총각과 처녀가 선을 보러 갈 때 또는 무슨 중요한 행사에 참여하려고 할 때 한껏 치장하는 그런 마음으로 하나님을 뵈러 성전에 나갈 때도 정성스레 옷을 갖추어 입었으면 좋겠습니다.

신실하고 경건한 신앙생활을 하시는 분들을 보면 한결같이 단정한 복장으로 예배드리는 모습을 볼 수가 있습니다. 저 또한 이를 본받아 올바른 예배를 드릴 수 있기를 소망해봅니다.

그 다음엔 예배를 드리는 자세입니다. 먼저 바른 자세로 예배를 드려야 하겠다는 생각을 해보았습니다. 국가 간 정상 회담을 하는 사진을 보노라면 대통령이나 수상 등이 다리를 꼬고 앉아서 대화를 나누는 모습을 종종 보게 되는데 이는 동서양 문화의 차이라 허물이라 말할 수 없겠지만 하나님께 예배를 드리는 시간에는 당연히 삼가야 할 자세가 아닌가 생각합니다.

또한, 요즘 예배당 실내는 냉난방이 비교적 잘되어 있으나 때에 따라 예배 중에 더위를 느낄 때도 있습니다. 이럴 때도 웃옷을 벗어 젖히고 셔츠 차림으로 예배를 드리는 것 또한 삼가고 주의해야 할 행동이 아닐까요? 설마 그런 일들이? 하고 고개를 갸우뚱할 수 있지만 의외로 흔히 있을 수 있는 일들입니다.

비유하자면 대통령과 만나서 대화하는 중에 다소 덥다고 혼자 웃옷을 벗어젖히고 마주 앉을 수 있을까? 하물며 거룩하신 하나님 전에서 갖추어야 할 기본적 마음과 자세와 행동에 대하여 생각해 보았습니다.

끝으로 예배 중에도 이웃을, 옆에서 함께 기도드리는 성도들에 대한 배려도 중요한 예배의 요소가 아닐까요. 핸드폰을 켜고 작동을 한다든가 벨이 울려서 목사님 설교 말씀이 중단 된다던가. 어떤 튀는 행동을 해서 하나님 말씀을 경청하는 주위 분들의 집중을 흐트러지게 하는 등, 사소한 행동이지만 모두를 위하여 조금만 더 삼

내가 만난 하나님 ✝

가고 조금만 더 배려하는 마음, 그런 바람을 가져봅니다.

　이렇듯 정결한 복장과 경건하고 바른 자세와 정성을 다하여 예배를 드릴 때, 주위 성도들을 배려하는 마음이 있을 때, 하나님께서 더 기뻐하시고 더 칭찬하시고 더 큰 은혜를 내려주시리라 믿습니다. 우리가 하나님께 예배를 드릴 때 정성을 다하고 바른 예절로 드릴 수 있기를 기도합니다.

하나님 말씀

23. 아버지께 참되게 예배하는 자들은 영과 진리로 예배할 때가 오나니 곧 이때라
   아버지께서는 자기에게 이렇게 예배하는 자들을 찾으시느니라.

24. 하나님은 영이시니 예배하는 자가 진정과 신령으로 예배할지니라.

| 요한복음 4장 23절-24절 |

내가 만난 하나님

주의 이름을

주님
거룩하신 그 이름을 경배합니다.
존귀하신 그 이름을 송축합니다.
아름다운 그 이름을 찬양합니다.

주님
오늘도 주님의 이름 앞에
경건한 삶을 살게 하옵소서.
선하고 진실한 삶을 살게 하소서.

주님의 이름으로 기도하며
주님의 이름으로 사랑하며
주님의 이름으로 축복하며
주님의 이름으로 순종하며

주님 은혜로
날마다 날마다
복된 날이 되게 하옵소서.

그 이름 거룩하시니
그 이름 존귀하시니
그 이름 아름다우시니

그 이름 영원무궁하도록
홀로 영광 받으시옵소서.

새벽 기도의 은혜

　요즘 세상 사람들의 보편적 일과가 새벽에 일어나기 참으로 쉽지 않은 환경에 처해있습니다. 너나 할 것 없이 이런저런 일로 모두가 바쁘고 밤늦게 피곤하고 지친대로 잠자리에 들게 되니 어쩌면 당연한 일인지 모릅니다. 그러나 달리 생각해보면 꼭 그런 것만은 아닌 것 같습니다. 왜냐하면, 누구나 하루 주어지는 삶의 시간이 24시간 같을 것이므로 그 주어진 하루의 일과를 어떻게 계획하느냐에 따라서 저녁 잠드는 시간과 새벽 깨어나는 시간의 조정이 가능하지 않을까 생각해봅니다.

　물론 직업상 부득이 일이 늦게 끝나거나 밤을 새워 일하는 예는 어쩔 수 없겠지요. 그렇지 않은 환경이라면 저녁 늦게 하는 일을 조금 일찍 끝내고 이른 아침에 시작하는 것으로 바꿀 수 있을 것이고 그렇게 하는 것이 건강이나 능률이나 여러모로 참으로 유익하다는 것을 경험으로 알게 되었습니다.

내가 만난 하나님

정확한 사실인지는 모르지만, 새벽에 그것도 꼭두새벽에 일어나서 교회에서 새벽기도를 드리는 나라는 세상에서 흔하지 않을뿐더러 우리나라 우리 민족이 단연 선두에 있다고 합니다. 제가 섬기는 교회도 예외 없이 매일 새벽 다섯 시에 성전에 모여 담임 목사님이 인도하심으로 찬양과 기도를 드립니다.

또한 새벽 기도시간에 주님이 주시는 말씀이 그날 하루의 길잡이가 되어 나아갈 길을 인도하시니 새벽에 하나님을 만나는 성도들 모두가 날마다 복되고 감사가 넘치게 되리라 믿습니다.

하나님을 섬기는 우리나라 성도가 일천만 명이 넘는다고 볼 때 매일 새벽 적게는 수십만 명 더 하여는 백만 명 이상의 신실한 믿음의 성도들이 하나님께 찬양을 드리고 각자 가정과 자녀와 교회와 나라와 민족을 위하여 기도하며 예배를 드리니 하나님이 기뻐하시고 칭찬하시며 우리나라 우리 민족의 기도를 응답하시고 축복하시는 줄 믿습니다.

새벽기도를 통해서 지금도 겪고 있는 여러 가지 어려운 일들을 주님의 은혜와 사랑으로 극복하고 승리하시길 바랍니다. 새벽에 일어나는 것이 처음엔 참으로 힘들지만, 꾸준히 노력하여 습관이 되면 전혀 어렵지 않고 오히려 늦잠을 자고 게으름을 피우는 것이 불편해짐을 느끼게 될 것입니다. 새벽을 깨우는 습관을 갖도록 노력해 보시길 권면합니다.

제가 새벽의 사람이 된 지 꽤 오래되었습니다. 정확한 기억은 없지만 30여 년 전 수원에서 살고 있을 때인데 여러 가지 고민으로 잠 못 이루고 지새우다 새벽을 맞는 괴롭고 힘든 나날이 거듭되고 있없습니다. 그러던 어느 날 단호한 심정으로 그 참 잠자리를 박차고 일어나서 동네 공중목욕탕으로 달려갔습니다. 그곳 욕탕에 새벽 첫 시간, 가득 채워지는 맑고 깨끗한 뜨거운 물속에 몸을 담그고 반신욕을 하면서 하루를 시작하게 되었는데 그런 습관이 지금까지 계속되고 있습니다.

10여 년 전 세종시로 이사를 오니 공중목욕탕이 없었을 때라 새벽 세시에 일어나서 한 시간 정도 묵상기도를 하고 삼사십 분 정도 간단한 운동을 한 후 교회로 나가서 목사님이 인도하시는 찬양과 말씀과 기도로 예배를 드리고 돌아와서는 집안 화장실 욕조에 따뜻한 물을 반쯤 받아 채우고 반신욕을 계속해왔습니다.

하루도 거르지 않는 반신욕이 습관이 되어 몸과 마음이 최고로 상쾌하고 건강도 좋아지고 기운 충만함으로 하루를 시작하게 됩니다. 이글을 접하는 분들 중 특히 연로 하신 분들에게는 건강을 위하여 반신욕을 권해드리고 싶습니다.

처음에는 곤히 잠든 아내를 억지로 깨워서 함께 새벽기도를 나가게 되었는데 이제는 아내도 새벽 네 시에 자연스럽게 일어나서 기쁘고 즐거운 마음으로 함께 교회에 나가 새벽기도를 드리고 하루를 시작합니다.

하나님께 드리는 찬양과 예배와 기도가 시간과 장소에 따라 흠향하시는 주님의 은혜가 구별되어 달라지는 것은 아니겠지만 새벽에 드리는 기도가 특별히 귀한 것만은 확신하게 됩니다. 그 첫 번째 이유가 하루의 시작을 하나님과 함께한다는 것입니다.

그 새벽 시간 묵상기도 중에 주님이 주시는 영감을 받게 되는데 그날 하루 삶의 과정에서 적용하면 만나게 되는 갖가지 문제들이 퍼즐이 들어맞듯이 엉킨 실타래가 풀리듯이 산재한 문제들이 순조롭게 해결되는 경험을 자주 하게 됩니다.

이런 일들이 어떠한 신비하고 특별한 사건이 아니고 당연한 것으로 일상이 되어가는 것입니다. 그러한 결과로 모든 일이 선하고 풍요한 결실로 거두어지고 하나님을 섬기는 성도들이 소망하는 기도가 특별히 새벽기도에서 더 많이 응답 되어 이루어지는 것임을 확신으로 믿습니다.

이러한 연유에서 갖가지 사연들로 서원하며 기도하시는 성도님들께는 간곡한 마음으로 새벽기도를 권해드립니다. 물론 처음에는 새벽에 일어나는 일이 매우 힘들고 시작을 했더라도 중간에 포기하고 싶은 유혹을 끊임없이 받게 되는데 단호히 새벽을 깨우셔서 소망을 이루시는 복 받는 믿음의 성도들이 되시길 기도합니다.

새벽에 기도하신 예수님, 새벽에 이루시는 하나님의 역사를 찬양합니다.

8. 내 영광아 깰지어다. 비파야, 수금아, 깰지어다. 내가 새벽을 깨우리로다. | 시편 57편 8절 |

27. 아브라함이 그 아침에 일찍이 일어나 여호와 앞에 섰던 곳에 이르러. | 창세기 19장 27절 |

28. 야곱이 아침에 일찍이 일어나 베게 하였던 돌을 가져 기둥으로 세우고
    그 위에 기름을 붓고. | 창세기 28장 18절 |

새 아침에

하나님,
새벽이 밝아오고
새날을 맞이할 때마다
이런 기도를 드리게 하옵소서.

바라고 구하기에 앞서
이미 받은 것을 헤아려
일일이 감사할 줄 알게 하사옵고

주님이 주신 귀한 은혜를
사랑으로 나누며 베풀게 하옵소서.

그리하여 나눔과 베풂이
참된 기쁨이고 행복인 것도 깨닫게 하옵소서.

언제나 어디서나
누운 풀잎처럼 겸손하게 하시고

따스한 손길 소망의 발걸음이
향기로운 삶 속에 늘 있게 하옵소서.

그늘진 곳, 소외된 이들을 향하는
손길 손길마다 발걸음 발걸음마다

항상 기뻐하며 감사하며 사랑하게 하옵소서.

사랑과 용서에 대한 고백

　주님을 섬기는 우리는 네 이웃을 네 몸과 같이 사랑하라는 주님에 말씀을 마음에 담고 살게 됩니다. 그러나 주님의 말씀대로 온전한 사랑을 하기가 쉽지 않고 용서하기란 더더욱 어렵다는 것을 경험으로 알게 됩니다. 그런 중에도 세상을 살아가면서 수많은 사람을 만나고 또 어떠한 형태로든 얽히고설켜 어우러져 살아갑니다.

　이때 크고 작은 갈등이 있을 수 있고 더러는 다툼도 있게 되는데 모든 사안에 대하여 대부분 자기 위주로 생각을 하고 행동을 하게 되니 상대방을 이해할 수 없게 되고 그로 인해서 감정이 상해서 싸움이 되고 미움으로 발전하게 됩니다. 이럴 때 역지사지로 생각하면 이해도 되고 별일도 아닐 수 있으나 더러는 감정을 추스르지 못하고 법정에까지 가게 되는 일을 주변에서 종종 보게 됩니다.

　이러한 삶 중에서 우리는 다시 회개의 기도를 하게 됩니다. 이 글을 쓰는 저 또한 다르지 않음을 고백합니다. 주님 전에서는 입으로 또 마음으로 용서하고 사랑하자고 기도하며 다짐하고 세상에 나아가서는 회개하고 기도한 그 마음이 어디론지 사라져 행하므로 이어지지 않고 부딪치는 현실에 빠져들어 마음과 행동이 따로따로 가게 되는 일이 바로 그런 것입니다.

이럴 때 자신을 탓하고 후회만 할 일은 아니라고 생각합니다. 왜냐하면, 그렇게 반복되는 사랑하고 미워하고 또 용서하고 회개하는 삶을 통해서 스스로가 주님께로 더 가까이 다가가고 있음을 어느 순간 깨달을 수 있기 때문입니다. 그것이 곧 우리 믿음의 성도들이 가야 할 성화(聖化)의 길이 아닌가. 생각해봅니다. 고린도 전서 13장의 말씀에 믿음과, 소망과, 사랑 중에 그중에 제일은 사랑이라, 하셨으니 거기에 더하여 용서까지 할 수 있다면 얼마나 좋을까 기도하게 됩니다.

〈용서〉

사랑도 버거운데
미움까지 더해서랴

심호흡 크게 하고
하늘 한번 쳐다보고

아서라,
미워 말지라.
용서 또한 사랑이니,

세상을 접하고 살다 보면 사기나 배신도 당하고 오해로 인한 미움이나 모욕도 받을 수 있고 이러한 일로 충격을 받아 마음 깊은 곳으로부터 미움이 솟아오르고 분노가 더해지고 폭발할 것 같은 순간들이 있습니다. 이럴 때는 눈을 감고 열을 세어봅니다. 하나둘 셋 넷 다섯……. 그리고 고개를 젖혀 저 높고 푸른 하늘을 바라보며 심호흡을 크게 하고 입술을 열어 되뇝니다. 미움 받는 자보다 미워하는 자, 더 깊은 마음에 상처를 받을 터이니 미워하지 말자. 때가 이르면 이해도 되고 용서도 되고 사랑도 하게 될 테니까.

이토록 우리의 삶에 진정 사랑하고 용서하며 살기란 결코 녹녹치 않음 또한 현실입니다. 그러나 무슨 대단한 사랑이나 엄청난 용서가 일상에서 늘 필요한 것은 아닐 것입니다. 평범한 생활 중에 내가 늘 접하는 가족, 자주 만나는 이웃에게 작은 일부터 관심을 갖는 것이 사랑의 시작이 아닐까요? 사소하고 작은 것 같은 관심이 때로는 내 이웃의 생명을 구하는 귀한 일이 될 수도 있을 것입니다.

> 사랑은 오래 참고 사랑은 온유하며 시기하지 아니하며
> 사랑은 자랑하지 아니하며 교만하지 아니하며.
>
> | 고린도 전서 13장 4절 |

> 모든 것을 참으며 모든 것을 믿으며
> 모든 것을 바라며 모든 것을 견디느니라.
>
> | 고린도 전서 13장 7절 |

오늘은 2021년 3월 6일 토요일입니다. 새벽 기도시간에 목사님의 설교를 통하여 하나님의 귀한 말씀을 받았습니다. 야고보서 5장 9절 말씀입니다.

내가 만난 하나님

"형제들아 서로 원망하지 말라 그리하여야 심판을 면하리라. 보라 심판 주가 문밖에 서 계시느니라." 저 자신의 마음에 깊이 새기고 행하는 믿음이 더 굳건해지기를 소망합니다. 아멘.

🌱 하나님 말씀

7. 사랑하는 자들아 우리가 서로 사랑하자 사랑은 하나님께 속한 것이니
   사랑하는 자마다 하나님으로부터 나서 하나님을 알고.
8. 사랑하지 아니하는 자는 하나님을 알지 못하나니 이는 하나님은 사랑이심이라.

| 요한일서 4장 7절-8절 |

14. 너희가 사람을 용서하면 너희 하늘 아버지께서도 너희 잘못을 용서하시려니와
15. 너희가 사람의 잘못을 용서하지 아니하면 너희 아버지께서도 너희 잘못을
    용서하지 아니하시리라.

| 마태복음 6장 14절-15절 |

32. 노하기를 더디 하는 자는 용사보다 낫고 자기의 마음을 다스리는 자는
    성을 빼앗은 자보다 나으니라.

| 잠언 16장 32절 |

내가 만난 하나님

사랑

하나님,
저의 지난 삶 중에는
다투고 분노하고 탄식하던 날들이
얼마나 많았었는지 모릅니다.

미워하고 원망하며
깊은 한숨으로 잠 못 이루고 갈등하던 밤 들이
얼마나 많았었는지 모릅니다.

오늘 주님이 주신 말씀 가운데
그 모든 것이 참으로 어리석음이요
죄악인 것을 깨달아 알게 되었습니다.

악을 선으로 바꾸시는 하나님
회개하고 또 회개하며 흘리는 저의 눈물이
가슴을 뜨겁게 적시고 또 적셔지게 하옵소서.

그리하여 그 눈물로 하여금
다툼은 화해로, 미움은 용서로, 원망은 감사로,

드디어는 사랑으로 승화되는 기쁨을 누리게 하옵소서.
그 사랑이 참된 가치이고 행복인 것을 깨닫게 하옵소서.

아멘.

하나님 안에서의 인간관계

고대 그리스의 철학자 아리스토텔레스는 "인간은 사회적 동물이다"라고 인간의 사회성에 대하여 설파했습니다. 이를 새삼스럽게 강조하지 않더라도 우리는 늘 사회 구성원으로 수많은 관계 속에서 삶을 영위하고 있습니다. 각 사람의 인간관계가 어떻게 형성되고 어떻게 행하며 살고 있는가 여하에 따라 그 사람에 삶의 질과 형태를, 더 나아가서는 그 사람의 운명까지도 가늠해 볼 수 있을 것입니다.

어떤 이는 대다수 주위 사람들과 참으로 좋은 관계를 유지하며 서로 돕고 서로 나누며 베풀며 사랑하며 행복해하는 사람이 있습니다. 반대로 어떤 이는 여러 사람과 늘 부딪치고 갈등하며 괴로워하며 고달픈 삶을 살아가는 이들도 있습니다.

왜 그럴까요? 하나님을 섬기는 우리 성도들이 한 번쯤은 스스로에 대하여도 객관적인 성찰을 해 볼 필요가 있을 것입니다. 이에 대한 견해는 다양할 수 있겠으나 대체로 다음과 같은 논리로 이해해 볼 수 있지 않을까 생각해봅니다.

첫 번째로 좋은 인간관계를 유지하며 행복한 삶을 살아가는 이들은 대개가 그 내면에 이타심이 형성되어 있는 사람입니다. 항상 배려하는 마음이 심중에 잠재되어 있어서 생활 속에서 작은 일이라도 남에게 피해를 주지 않으려는 생각에 서로가 부딪치는 일들이 별반 일어나지 않음으로 사람들과의 관계 속에서 늘 화평합니다.

어떠한 이해관계로 충돌할 상황에서는 역지사지로 먼저 상대방 입장에 서서 생각을 하는 이들입니다. 이러할 때 상대방 또한 자연스럽게 이런 이들을 긍정하고 화합하여 좋은 관계가 이루어지고 그로 인하여 서로가 행복해지는 것입니다.

다음으로 그 반대의 사람들입니다. 대부분 이들은 극심한 이기적 성격을 소유하고 있습니다. 그리고 매사를 부정적인 견해로 바라보는 성향이 있습니다. 사회생활을 하면서 타인에게 피해를 줄 수 있는 일인데도 아무 생각 없이 무책임한 행동을 합니다.

예를 들면 주민이 함께 사용하는 아파트의 엘리베이터에서 먹던 음료수병을 아무 생각 없이 바닥에 버리고 내린다거나 자동차를 운행 중에 차 안에 있는 담배꽁초를 무심한 채 차창 밖으로 버리는 등 그런 행동을 자연스럽게 하면서도 잘못된 행동인지조차 인식하지 못하고 사는 이들입니다.

또한, 이런 부류의 사람들은 모든 사물과 현상에 대한 비판에 매우 적극적이고 투쟁적이며 매사를 싸워서 이기려는 승부욕에 집착하며 살아갑니다. 당연히 이런 이들은 타인에 대한 배려라는 단어 자체를 모르는 듯한 사람들입니다.

좋은 인간관계를 유지하며 행복한 삶을 사는 사람들은 대체로 지인들이 어려움이나 불행한 일을 당했을 때 모른 척하지 않고 깊은 관심으로 이를 함께 해결하고 도와주려고 노력하며 사회생활 속에서 좋은 일에는 적극적으로 참여하려는 경향이 있습니다.

그러나 반대의 사람들은 자기의 자녀들이나 가족에 대해서는 지나치다 싶게 애정을 갖고 사랑을 쏟아 넣으면서도 대개가 남의 불행이나 아픔에는 전혀 관심을 두지 않으며 가까운 이웃이나 형제 친척들에게는 철저하게 배타적입니다. 그들이 어려움을 호소해도 너는 너, 나는 나, 이런 식입니다. 그러므로 털끝만큼도 도움을 주려 하지 않습니다. 이런 부류의 사람들은 그런 일을 당연한 것으로 치부합니다.

그리고 받은 은혜를 늘 기억하고 감사하며 사는 이들과 은혜를 쉽게 잊고 사는 사람들입니다. 전자의 사람들은 은혜를 주신 분의 환경이 변해서 사회적인 명예나 지위가 하락하고 궁핍해져도 변함없는 마음으로 좋은 관계를 유지합니다. 은혜를 쉽게 잊고 사는 이들은 대개가 속이 들여다보입니다. 이들은 이해관계가 사라지면 은혜를 입은 사람과의 관계를 미련 없이 정리합니다.

어떤 저명인사가 두 쌍 신혼부부의 결혼 주례를 섰는데 그 중 두 사람의 전혀 다른 행태를 비교해봅니다. 결혼 후 주례를 서신 인사가 여러 가지 사정으로 궁핍한 사정에 몰렸고 이로 인해 농부가 되

내가 만난 하나님

어 시골에서 농사를 지으며 살고 있었습니다. 사회성이 좋은 신혼부부는 늘 그분에 감사하며 잊지 않고 교류하며 좋은 인간관계를 유지하고 있었습니다. 그 반대의 한쪽 신혼부부는 언제 그랬냐는 듯 절교하고 지내고 있었습니다.

세월이 한참 흐른 후에 주례를 섰던 그 저명인사가 재기하여 어느 단체의 장으로 선출되었습니다. 그런 위치에 서면 조직의 책임자로서 수많은 소속 인원들을 통제하고 지휘하게 되며 동시에 많은 인재가 요소요소에 필요하므로 여러 경로를 통하여 이를 채용하게 되는데 그 저명인사는 두 쌍의 신혼부부 중 누구를 택하게 될까요?

이러한 상황에서 웃지 못 할 일이 벌어집니다. 그 은혜를 잊고 살던 사람은 앞 다투어 먼저 나타나서 그분과 친밀한 관계인 양 과시하며 무슨 혜택이라도 얻을까 설치고 다닙니다. 오히려 은혜를 소중히 여기며 살아온 사람은 대개가 뒷전에서 조용히 때를 기다립니다. 하나님을 섬기는 우리 성도가 한 번쯤은 깊이 생각해봐야 할 비교가 아닌가 합니다.

그러면 이런 부류의 사람들이 하나님과의 관계는 어떻게 형성되고 유지 해나가 갈까요? 대체로 이중적인 행태를 볼 수 있습니다. 이들은 신앙생활을 하면서 교회 안에서는 참으로 더할 때 없는 천사 같은 모습을 보입니다. 그러니 그런 사람들의 본심을 대개는 알아볼 수가 없습니다. 그러나 교회 바깥에서 행해지는 모습들은 완전히 급변해서 이이가 그인가? 혼동하기도 합니다.

하나님을 믿지 않는 비 신앙인들 사이에서 회자되는 다음과 같은 일화가 있습니다. 이를테면 시장에서 영세한 상인들이 파는 상품의

가격을 과도하게 깎으려 다툼을 일삼고 별일 아닌 일로 사람들과 큰 소리로 떠들며 싸우는 이들은 대개가 그 동네 교회의 권사님 집사님들이다. 물론 그런 말을 하는 이들이 신앙인들을 향한 악의적인 마음이거나 또는 오해에서 나온 말이라고 치부할 수 있습니다. 그러나 하나님을 섬기는 우리 성도가 한 번쯤은 음미해봐야 할 말이 아닌가 싶습니다. 저 자신 또한 이런 사실에 비추어 볼 때 결코, 추호도 아니라고 단언할 수 있을지. 스스로 깊이 생각해봅니다.

예수님은 공생애에서 수많은 이적을 행하시고 이후 제자들에게 권능을 주시며 세상에 나아가 복음을 전도하라고 하셨고 이에 순종한 제자들을 통하여 소경의 눈을 뜨게 하시고 못 걷는 자를 걷게 하시며 병든 자를 고치시고 죽은 자를 살리시는 이적을 나타내셨는데 현재를 살아가는 우리에게도 동일하게 역사하고 계심을 믿습니다.

그러므로 하나님은 지금도 우리에게 진리의 말씀을 전해주시고 하나님의 사랑을 깨달아 알게 하시고 섬기게 하시며 또한 하시고자 하는 일들을 사람을 통해서 역사하고 계심을 믿습니다.

이를테면 육신의 부모님의 통해서 우리가 태어나고 성장해서 오늘을 살아가며 선생님을 통해서 학문을 배우고 지식을 깨우쳐 이를 사회생활에서 유용하게 적용하여 살고 있으며 병이 낫을 때는 의사의 손길을 통해서 치료받으며 사업을 경영할 때도 함께하는 직원들과 많은 고객을 통하여 사업이 번창하여 성공을 거두고 있습니다. 이렇듯 하나님은 적재적소에서 여러 부류의 많은 사람들을 통하여 우리를 도와주시고 뜻하시는 일을 이루어 가시는 줄 믿습니다.

내가 선한 목적으로 물질이 필요할 때 기도하며 간구하면 하나님이 나의 주머니에, 저금통장에, 혹은 창고에 직접 넣어주시고 채워주시며 기도 응답을 하실까요? 그렇지 않습니다. 하나님은 누군가의 손길을 통하여 필요한 물질을 충족해 주시고 우리들 기도를 응답하고 계심을 믿습니다.

이렇듯 하나님은 사람과 환경을 통해서 우리를 통찰하고 계실진대 삶 중에 만나는 사람들과 어떻게 좋은 관계를 형성하고 유지하느냐가 매우 중요할 것임은 재론의 여지가 없을 것입니다.

내가 만나는 모든 사람들과 원만하고 좋은 인간관계라야 하나님이 우리를 향한 뜻을 이루실 것인데 내가 누구와 원수로 지내고 있다면 하나님께서 그 누구를, 그 원수를 통하여 어떻게 내게 은혜를 베푸실까요? 아마도 주실 은혜를 뒤로 미루시거나 접으실 수도 있다는 생각을 해봅니다.

그러므로 우리는 함께 하나님을 섬기는 성도들과는 물론이려니와 하나님을 알지 못하는 세상 사람들과도 늘 좋은 관계를 형성하고 유지해 나갈 수 있기를 기도합니다. "네 이웃을 네 몸과 같이 사랑하라"고 하신 주님의 말씀 안에서 이웃을 사랑하고 좋은 관계를 맺음으로 그들을 하나님께로 인도하는 길도 열리게 될 것입니다.

하나님께서는 좌로도 우로도 치우치지 않는 우리들의 중심을 보신다고 하셨습니다. 세상 속에서 살아가면서 원만한 인간관계를 이루고 그 세상 속에서 화평을 누리고 살아갈 때 선하고 의로운 삶으로 인도하시는 하나님과의 교제도 당연히 좋은 관계로 이어지리라 믿습니다.

하나님 안에서 행복한 삶을 영위하기 위한 아름다운 인관관계의
시작은 상대방에 대한 관심과 배려가 아닌가 싶습니다. 관심과 배
려는 곧 사랑의 씨앗이 될 것입니다.

이제라도 만나는 모든 이들에게 더욱 각별한 관심을 갖고 배려하
는 삶을 살 수 있기를 저 스스로 간절히 소망해봅니다.

내가 만난 하나님

하나님 말씀

23. 그러므로 예물을 제단에 드리려다가 네 형제에게 원망들을 만한 일이
    있는 것이 생각나거든.
24. 예물을 제단 앞에 두고 먼저 가서 형제와 화목하고 그 후에 와서 예물을 드려라.
                                                    | 마태복음 5장 23절-24절 |
4. 또 무거운 짐을 묶어 사람의 어깨에 지우되 자기는 이것을 한 손가락으로도
   움직이려 하지 아니하며. | 마태복음 23장 4절 |

변화되게 하소서

굳어진 나의 심령을 보듬어주신 주님
엉클어진 나의 영혼을 소생시켜주신 주님

주님의 거룩함을 우러러볼 때마다
제 영혼의 눈을 뜨게 하소서

주님의 존귀한 음성을 들을 수 있도록
제 어두운 귀를 열어주소서

주님이 주신 귀한 말씀을
온 세상에 전할 수 있도록
제 혀를 다스려 주소서

주님이 뜻하시는 바
깨달아 순종할 수 있도록
저에게 지혜와 명철을 허락하여 주소서

내가 만난 하나님

성경 1만 장 읽기

하나님의 자녀 된 우리 성도들은 하나님 말씀, 곧 성경을 늘 가까이 두고 살아갑니다. 그리고 성심으로 꾸준히 봉독하시는 신실하신 성도님들도 많으신 줄 믿습니다. 그러나 성경을 주기적으로 계속 봉독하는 생활을 하기란 막상 쉽지 않음을 경험하게 됩니다.

대개는 해가 바뀌면 새해 첫날 기도 중에 올해는 열심히 성경을 읽어서 꼭 일독을 하리라 다짐하고는 작심삼일이 되어 흐지부지되는 경험을 하신 분들께 권해드립니다. 먼저, 성경은 일정과 시간을 정해서 매일 주기적으로 읽는 것이 좋겠습니다. 그렇게 하지 않고 시간이 날 때마다 성경을 읽으려고 계획하면 그 시간이 잘 만들어지지 않기 때문입니다. 그래서 하루 건너뛰고 이틀 또 건너뛰고 하다가 중간에 멈추게 되는 것입니다.

예를 들면 구약 929장 신약 260장 모두 1189장이니 일 년 365일로 나누면 하루 평균 3.3장이 됩니다. 중간에 부득이 빠질 수 있는 상황을 고려해서 여유를 두고 하루에 5장을 계획하고 시작합니다. 그리고 이제 시간을 정합니다. 새벽이든 낮이든 저녁이든 자기 형편에 맞춰서 정하고 꼭 그 시간에 성경을 펴서 읽는 습관을 들입니다.

저의 경우는 직업상 낮이나 저녁에는 예기치 않은 일들로 시간이 여의치 않아서 새벽 시간을 선호합니다. 새벽엔 누구를 만나거나 특별한 일정이 비교적 생기지 않으니 스스로가 부지런만 떨면 얼마든지 자기 시간을 만들 수 있기 때문입니다.

공부하는 학생들이 하루 일과표를 만들어 놓고 매시간 그 일과표에 맞춰서 공부하는 것과 같은 방법입니다. 그렇게 해서 정해진 시간에 하루 5장씩 꾸준히 읽어나가다 보면 한 해가 가기 전에 성경을 일독한 자신을 발견할 수 있게 될 것입니다.

다음은 일 년에 1만 장의 성경을 읽는 방법입니다. 일 년에 성경 1189장 한 권을 완독하는 그것도 쉽지 않은데 어떻게 1만 장의 성경을 읽을 수 있을까? 의외로 간단합니다. 우선 매일 반복해서 읽을 성경 말씀 구절을 선택합니다. 성경 말씀 전체가 진리이고 은혜의 말씀이나 사람마다 특별히 마음에 다가와 더 크게 은혜를 받는 구절이 있습니다. 그런 구절을 택하여 이를 매일 반복하여 읽는 것입니다.

참고로 제가 특히 좋아하여 읽는 성경 구절을 소개합니다. 구약 시편 1장 1절로 시작되는 **"복 있는 사람은 악인들의 꾀를 따르지 아니하며 죄인들에 길에 서지 아니하며 오만한 자들의 자리에 앉지 아니하고…"** 평소 생활 속에서 이 말씀을 암송하다 보면 어느 때 감동과 느낌이 확 다가올 때가 있습니다.

지금 내가 만나고 있는 이 사람과 대화하며 무언가 하려는 행동이 혹 악인들의 꾀를 따르는 것이 아닌지? 내가 지금 생각하는 것과 이루려고 하는 일들이 죄인들의 길에 서게 되는 것은 아닌지? 내가 지금 하는 말과 행동이 교만하여 오만한 자들의 자리에 앉아있는 것은 아닌지?

그런 생각을 하면서 다시 한 번 숙고하게 되고 기도하게 되고 그런 중에 지혜를 얻고 깨닫게 되어 나아가야 할지 멈추어야 할지를 주님이 인도하시고 그의 길로 향하게 되는 것입니다. 계속하여 **시편 8장, 15장, 23장, 100장, 126장, 127장, 128장, 133장, 134장**을, 그리고 신약 **고린도 전서 13장** 사랑의 장을 택하였는데 특히 저에게는 가슴에 깊이 와 닿고 은혜가 충만해지는 말씀 들입니다.

이 말씀들을 매일 매일 계속 읽고 또 읽다 보니 어느덧 조금씩 외워지는 구절이 있어서 내친김에 전체 구절을 외우기로 작정하고 6개월여에 걸쳐서 외우는 연습을 한 결과 언제부터인가 전체 구절을 완전히 암송하게 되었습니다. 제가 경험한 바로는 어떤 소년 학생들이 4개 복음서 전체를 달달 외우는 것을 본 적도 있습니다. 그러니 두뇌가 명석한 사람이나 특히 젊은이들은 조금만 노력하면 누구나 외울 수 있겠다 싶은데 저는 비교적 짧은 구절의 말씀을 택하였는데도 무려 6개월을 넘겨서 겨우 외우게 되었습니다.

그렇게 다 외운 것으로 끝이 아니라 이제부터가 시작입니다. 새벽에 일어나서 묵상하는 중에 외운 열한 장의 성경 말씀을 작은 소리로 한번 암송합니다. 아침 식사를 한 후 출근길에 약 40분 정도 고속도로로 운전을 하게 되는데 운전하면서 다시 한 번 열한 장을 암송합니다. 퇴근길에 또다시 열한 장을, 이렇게 하니 자연스럽게 매일 서른세 장을 읽게 되는 것입니다. 여기에 해가 바뀌는 새해 초부터 구약 창세기 1장 1절을 시작으로 아내와 함께 매일 하루 다섯 장 정도를 읽어서 일 년에 일독을 하니 대략 잡아도 매년 일만 장 이상의 성경을 어렵지 않게 봉독하게 되는 것입니다.

이렇게 성경 말씀을 외워서 암송하면서 더 큰 은혜가 되는 것은 성경 말씀의 구절구절이 삶 중에 살아 숨 쉬며 매일 섭취하는 음식이 육신에 영양분이 되어 우리의 건강을 지키고 생명을 유지하듯이 매일 암송하는 성경 말씀이 마음에 귀한 영양분이 되고 영혼에 양식이 되어 심령이 매일매일 새롭게 되고 매사에 긍정적이고 적극적인 생각을 하게 되고 이에 새 힘을 얻어 말씀대로 매사에 기뻐하고 감사하는 나날을 보내게 되는 것입니다.

시편 23장 1절 첫 구절 말씀을 다시 암송해 봅니다. **"여호와는 나의 목자이시니 내게 부족함이 없으리로다. 그가 나를 푸른 풀밭에 누이시며 쉴만한 물가로 인도하시는도다."** 그렇습니다, 양들은 목자의 인도를 받습니다. 목자가 인도하는 푸른 풀밭과 쉴만한 물가는 양들이 배불리 풀을 뜯고 물을 마시며 편하게 누워 쉴 수 있는 바로 그들의 낙원인 것입니다. 그러므로 23장 1절 말씀을 끊임없이 꾸준히 암송하다 보면 여호와는 나의 목자이심이 마음속에 각인되고 그래서 내게 부족함이 없고 그가 인도하시는 푸른 풀밭 즉 아름답고 풍요한 낙원에서 편하게 쉬며 행복한 삶을 살게 됨을 믿음으로 기뻐하게 되는 것입니다.

한 구절 더 암송해보겠습니다. 빌립보서 4장 6절 말씀입니다. **"아무것도 염려하지 말고 다만 모든 일에 기도와 간구로 너희 구할 것을 감사함으로 하나님께 아뢰어라.** 7절 **"그리하면 모든 지각에 뛰어나**

신 하나님의 평강이 그리스도 예수 안에서 너희 마음과 생각을 지키시리라." 우리는 현실 속에서 이런저런 염려 근심을 하며 살아갑니다. 때로는 염려하지 않아도 되는 일을 공연히 염려하고 있음을 본 구절을 암송하면서 깨닫게 됩니다.

제가 위 성경 말씀을 받아 자주 경험하는 방법입니다. 근심거리가 생겼을 때 간절한 마음으로 위 구절을 암송하고 또 암송하고 더하여 믿음으로 암송하고 또 암송합니다. 하나님 말씀에 아무것도 염려하지 말라고 하셨고, 기도하고 간구하라 하셨고, 감사함으로 하나님께 아뢰라고 하셨습니다. 그리하면 그리스도 예수 안에서 우리들의 마음과 생각을 지켜주시고 평안으로 회복시켜주신다고 하셨습니다. 그러니 말씀대로 염려하지 말고 기도하고 간절히 구하면 주님이 약속하신 대로 예수그리스도 안에서 평강을 주셔서 염려가 사라지고 걱정이 없어짐을 믿게 되는 것입니다.

이러하듯 스스로 선택하여 암송하는 성경 말씀 구절구절을 나의 마음에 새기고 상황에 적용하여 온전히 내게 주신 말씀으로 삼으면 그리고 말씀대로 간절히 기도하면 주님은 그 기도를 이루어주시고 염려 근심 대신에 주님의 은총과 축복이 깃들게 되는 줄 믿습니다.

하나님 말씀을 열심히 묵상하고 간절한 믿음으로 기도해서 주님이 베푸시는 은혜를 마음껏 받아 누리고 주님께 영광을 돌려드리는 복된 삶을 우리 모두가 살아갈 수 있기를 간절히 기도합니다. 아멘.

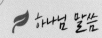

하나님 말씀

2. 오직 여호와의 율법을 즐거워하여 그의 율법을 주야로 묵상하는 도다.

3. 그는 시냇가에 심은 나무가 철을 따라 열매를 맺으며 그 잎사귀가 마르지 아니함과
   같으니 그가 하는 모든 일이 다 형통하리로다.

| 시편 1장 2절-3절 |

내가 만난 하나님

오늘도

항상 기뻐하라 말씀대로 기뻐하며
쉬지 말고 기도하라. 열심으로 기도하며
범사에 감사하라 감사하고 또 감사하며

오늘도 주님 말씀 단단히 부여잡고
오늘도 기뻐하며 오늘도 감사하며
오늘도 사랑하며 오늘도 축복하며

주님 따라 기도하며 주님 따라 순종하며,
아멘.

하나님의 것, 가이사의 것

마태복음 22장 15장의 말씀 중에 바리새인들이 어떻게 하면 예수를 말의 올무에 걸리게 할까 상의하고. 이어 17장에서 그들이 예수님께 여쭙기를 가이사에게 세금을 바치는 일이 옳으니이까 옳지 아니하니까 하고 시험을 하였을 때, 21절 예수님께서 이르시되 "그런즉 가이사의 것은 가이사에게 하나님의 것은 하나님께 바치라 하시니……" 이 시대를 살아가는 우리가 참으로 깊이 음미해야 할 말씀 구절입니다.

흔히 물질만능주의 시대라는 말들을 접하게 되는데 어쩌면 당연한 표현인지도 모릅니다. 그러나 하나님을 섬기는 성도들에게는 물질보다 더 큰 온전한 만능이 주님 가운데 있음을 기도로 깨닫게 됩니다. 동서고금을 막론하고 인간사회에서의 물질은 필요 불가결한 것이겠으나 각각의 사람마다 그 물질의 가치를 생각하는 신념에 따라 그의 삶과 운명이 크게 달라지는 것을 바라보며 우리가 물질을

내가 만난 하나님

어떻게 통제하고 하나님의 뜻에 따라 바르게 사용할 수 있을까? 기도하게 됩니다.

위 말씀 중에 가이사의 것은 가이사에게 하나님의 것은 하나님께라는 구절에 대하여 생각해 봅니다. 물론 당초에 가이사의 것은 없었음을 우리는 익히 알고 있습니다. 다만 하나님께서 가이사가 필요로 하는 것을 가이사가 사용할 수 있도록 배려하신 은혜임을 믿습니다.

현재에도 크게 다르지 않음을 우리는 알고 있습니다. 이 세상 모든 것이 천지 만물을 창조하신 하나님의 소유인 것을, 그중 우리가 필요로 하고 사용하는 모든 물질 또한 애당초 창조하신 하나님의 것이나 하나님이 인간에게 허락하셔서 우리가 살아가면서 소용되는 모든 물질을 마음껏 활용하고 만족하며 누리고 있는 것인 줄 믿습니다.

그러면 우리는 하나님이 주신 물질을 어떻게 사용하며 살아가야 할까요? 이를 한마디로 명쾌하게 답할 수는 없겠으나 다만 이 세상 모든 것들이 하나님이 창조하신 하나님의 소유인 것을 자각하고 인정할 때 그 안에 해답이 있다고 봅니다.

직장에서 내가 열심히 일해서 아니면 내가 사업을 열심히 해서 내가 벌어들인 돈이다. 그러니 다 내 것이다. 지극히 옳은 말로 들립니다. 그러나 내가 일한 대가나 사업으로 얻어진 수입도 주님이 인정하시지 않으면 아무것도 이루어지지 않는다는 사실입니다.

이를테면 주님은 그가 일하고 보수를 받는 직업을 주실 수도 있고 한순간에 거두실 수도 있으며 더 나아가서는 그 직장을 송두리째 없앨 수도 있으며 그가 하는 사업을 크게 번영하게도 하시고 하루 아침에 망하게도 하시는 전능자이시고 주관자이시기 때문입니다.

물질을 주시기도 하고 거두어 가시기도 하는 하나님은 우리의 생명도 한순간에 거두실 수 있을 것이니 그러할 때 과연 내 것으로 생각했던 모든 것들이 내 것으로 온전히 남아있을 수 있을까요?

이르되 내가 모태에서 알몸으로 나왔사 온즉
또한 알몸이 그리로 돌아가올지라.
주신 이도 여호와시오. 거두신 이도 여호와시오니······.

| 욥기 1장 21절 |

그러므로 우리는 이 세상을 살아가면서 우리의 생과 사를 주관하시고 천지 만물을 창조하시고 세세 무궁토록 통치하시는 하나님의 섭리에 순종하며 주님이 주신 물질이 당초에 주님 것임을 인정하고 나에게 주신 사용권을 감사하며 선하고 의롭게 사용할 때 주님의 더 큰 은혜가 임하실 것을 믿습니다.

하나님을 섬기는 신앙생활을 하면서 종종 헌금에 대해 고민을 할 때도 있습니다. 특히 11조 헌금에 대한 갈등을 경험하는 성도님들이 더러 있을 수 있다고 생각됩니다. 이를테면 내가 열심히 밤잠 못 자고 벌어들인 돈인데 막상 하나님께 드린다는 생각을 하니 아까운 생각이 들어서 온전한 11조를 드리지 못하고 반만 드린다거나 지금 경제적으로 쪼들리니 우선 급한데 먼저 쓰고 나중에 여유가 있을 때 드려야지 하는 생각 등등 각자의 사정에 따라 여러 가지 모양의 고민이 있을 수 있습니다.

이에 대하여 함께 기도하며 고찰해 볼 수 있기를 소망합니다. 먼저 11조는 열에 하나를 하나님께 드리는 것이다. 물론 틀린 말은 아닙니다. 그러나 이렇게도 생각할 수 있겠습니다. 이를테면 당초에 천지 만물을 창조하신 하나님, 모든 것이 하나님 소유지만 하나님께서 열에 아홉을 내게 쓰라고 은혜를 베풀어주셨다. 하나님께 하나를 드리는 것이 아니라 하나님께서 아홉을 내게 주시는 것이다. 이러한 믿음이 있을 때 하나님께 드리는 헌금을 감사로 드릴 수 있으며 이를 하나님도 기쁘게 받으실 줄 믿습니다. 그리고 하나님께 드리는 온전한 헌금을 통하여 이를 기뻐하시는 하나님의 더 큰 은혜가 임하실 줄 믿습니다.

말라기 3장 10절 말씀을 묵상해봅니다. "만군의 여호와가 이르노라 너희의 온전한 11조를 창고에 들여서 내 집에 양식이 있게 하고 그것으로 나를 시험하여 내가 하늘 문을 열고 너희에게 복을 쌓을 곳이 없도록 붓지 아니하나 보라."

하나님을 시험하는 것이 크게 불경스러운 것임에도 하나님은 우리의 아둔함을 깨우치시기 위하여 흔쾌히 하나님 자신을 시험해보라고 하셨습니다. 기왕에 하나님이 시험을 허락하셨으니 진실한 믿음으로 온전한 11조를 하나님께 드려서 하나님이 하늘 문을 열고 풍성하게 채워주시는 은혜를 저와 모든 성도가 함께 경험할 수 있기를 소망해봅니다.

주변에서 신실한 믿음으로 온전한 11조를 하나님께 드리고 그분의 인도하시는 의의 길을 순종함으로 물질에 풍요를 누림은 물론 골고루 복을 받아 행복한 삶을 사는 분들의 모습을 볼 때 저의 믿음을 그분들의 믿음에 견주어 회개하기도 하고 또한 그분들로 인하여 희망을 품기도 합니다.

우리의 신앙생활이 완전할 수는 없을 것입니다. 그러나 이를 위하여 늘 기도하고 성령의 인도하심을 따라 애써 행함으로 우리가 모두 공평하신 하나님의 은혜 안에서 행복해질 수 있음을 확신하며 소망하며 기도합니다.

하나님 말씀

24. 흩어 구제하여도 더욱 부하게 되는 일이 있나니 과도히 아껴도 가난하게 될 뿐이니라.
25. 구제를 좋아하는 자는 풍족하여질 것이요 남을 윤택하게 하는 자는 자기도 윤택하여지리라.

| 잠언 11장 24절-25절 |

22. 선인은 그 산업을 자자손손에게 끼쳐도 죄인은 재물을 의인을 위하여 쌓이느니라.

| 잠언 13장 22절 |

15. 저희에게 이르시되 삼가 탐심을 물리치라 사람의 생명이 그 소유의 넉넉한 데 있지 아니하니라 하시고.

| 누가복음 12장 15절 |

10. 돈을 사랑함이 일만 악의 뿌리가 되나니 이것을 탐내는 자들은 미혹을 받아 믿음에서 떠나 많은 근심으로써 자기를 찔렀도다.

| 디모데전서 6장 10절 |

주님의 사랑으로

이른 봄 착하고 부지런한 농부가
아름다운 꿈의 씨앗을 뿌릴 때 칭찬해주신 주님

한여름 푸른 잎 무성한 가지에
향기로운 꽃 활짝 피워 희망을 안겨주신 주님

그러나 병고의 시련도 주셨고 이별의 아픔도 주셨습니다.

결실의 가을에는 황금빛 열매로 풍성함을 주셨고
한겨울 엄동설한엔 예비해 두신 창고를 가득 채워도 주셨습니다.

그러나 풍요 이전에 궁핍의 고통도 주셨고
복을 내려주시기에 앞서 인고의 단련도 하셨습니다.

이러한 모든 일이 주님의 뜻 안에 있었음에
이를 깨닫게 하신 하나님을 찬양합니다.

순종함으로 주님이 인도하시는
푸른 들녘에서 평안을 누리게 하시고

그 안에서 간절히 기도하고 참되게 사랑함으로
주님의 충만한 은총을 받아 다 함께 누리게 하옵소서.

내가 만난 하나님

에필로그

　이제 글을 접으려고 합니다. 지난 일 년 동안 틈틈이 이글을 써내려가면서 저 자신이 칠십 평생을 살아오며 알게 모르게 지은 수많은 죄를 돌아보며 회개하는 기회가 되었으며 그 마음을 고스란히 담고자 기도 하였음을 고백합니다.

　또한, 질병의 고통과 사업의 실패와 좌절로 점철되었던 고단한 삶 가운데에서도 주님의 은혜로 가슴에 희망을 품을 수 있었고 주님의 축복으로 재기하고 일어설 수 있었으며 제 삶의 여정에서 하나님의 역사하심으로 경험했던 실제들을 간증하고자 하는 마음을 담았습니다. 그런 가운데 참으로 부족하고 미숙했던 저의 신앙생활을 다시 한 번 되돌아볼 수 있는 은혜를 하나님께서 주셨음도 고백합니다.

　앞으로 저의 여생에서 먼저 하나님의 나라와 그 의를 구하라고 하신 주님의 말씀을 행함에 몸과 마음과 영혼까지 다할 수 있기를 간절히 소망하며 전능하신 하나님이 영원히 우리와 함께하시는 것과 의로운 길로 끝까지 인도하시는 것을 굳게 믿습니다.

　코로나 팬데믹으로 인하여 고난 중에 있는 분들이 저의 간증으로 위로가 되고 용기를 얻어 하나님 안에서 승리하므로 응답받는 은혜가 이글을 접하는 모든분들의 간증으로 이어지기를 기도합니다.

2021년 11월 만추에
세종시 물댄동산교회 **임동규 권사**

10. 두려워하지 말라 내가 너와 함께 함이라 놀라지 말라 나는 네 하나님이 됨이라 내가 너를 굳세게 하리라 참으로 너를 도와주리라 참으로 나의 의로운 오른손으로 너를 붙들리라.

| 이사야 41장 10절 |

고난 앞에서

주님!
제 삶의 여정에
어떠한 고난이 닥치더라도
그 고난 앞에서 늠름하게 하소서

그 고난 앞에서
비굴하지 않게 하소서
나약하지 않게 하소서

어떠한 고난이 닥치더라도
담대한 믿음으로 극복하게 하소서

불확실한 것을 확신하게 하시고
주님의 지팡이와 막대기가 지켜주심으로
승리할 수 있다는 불굴의 신념을 품게 하소서

어떠한 슬픔이 닥치더라도
꿈과 희망을 잃지 않게 하소서

전능하신 주님의 손을
끝까지 잡고 놓지 않게 하소서

아멘.

내가 만난 하나님

내가 만난 하나님

임동규 권사 지음

발 행 처 · 도서출판 **청어**
발 행 인 · 이영철
영 업 · 이동호
홍 보 · 천성래
기 획 · 남기환
제작이사 · 공병한
인 쇄 · 두리터

편집디자인 · 이선정

등 록 · 1999년 5월 3일
(제321-3210000251001999000063호.)

1판 1쇄 발행 · 2021년 12월 25일

주 소 · 서울특별시 서초구 남부순환로 364길 8-15 동일빌딩 2층
대표전화 · 02-586-0477
팩시밀리 · 0303-0942-0478

홈페이지 · www.chungeobook.com
E-mail · ppi20@hanmail.net
ISBN · 979-11-6855-001-8 (03810)